Una CASE1 troppo STRETTA

JULIA DONALDSON   AXEL SCHEFFLER

EMME EDIZIONI

Una vecchina viveva soletta
in una piccola bella casetta.

Un vecchio saggio l'andò a trovare
e la vecchina iniziò a brontolare.
«Guarda che strazio, questa casetta,
non ci si gira da tanto è stretta!»

«Porta qui la gallina» fu la risposta.

«Senti senti, che strana proposta!»

Subito quella fece l'ovetto...

... poi ruppe la brocca facendo un voletto.

La vecchia gridò: «Che idea brillante
portare qui una gallina ingombrante!
Già io da sola, in questa casetta
non mi giravo, da tanto è stretta!»

«Vecchio saggio, mi puoi aiutare?
In due qua dentro non si può stare!»

«Porta qui la capretta» fu la risposta.

«Senti senti, che assurda proposta!»

La capra mangiò le tendine fiorite...

... e le gambe del tavolo, sue preferite.

La vecchia strillò: «Per tutti i portenti,
cosí non si può certo andare avanti!
Per starci in tre la casa è già stretta,
e ha pure le pulci, questa capretta!»

«Vecchio saggio, mi puoi aiutare?
Non so proprio che pesci pigliare!»

«Porta dentro il maiale» fu la risposta.

«Senti senti, che faccia tosta!»

Prima il maiale inseguí la gallina...

... e dopo fece man bassa in cucina!

La vecchia gridò: «Che quarantotto,
mi hanno già quasi distrutto il salotto!
Anche il maiale s'è detto d'accordo:
vivere insieme è un progetto balordo!»

«Vecchio saggio, mi puoi aiutare?
Cosí la casetta potrebbe crollare!»

«Porta dentro la mucca» fu la risposta.

«Questa è davvero una folle proposta!»

La mucca entrò, decisa e fiera,
balzò sul tavolo e spaccò la teiera.

La vecchia urlò: «Caspiterina,
che ne sarà della mia cucina?
Sembra già diventata una stalla,
ora pure il soffitto traballa!»

«Vecchio saggio, che puoi suggerire?
Questi inquilini mi fanno impazzire!»

«Mandali fuori, hai proprio ragione,
vedrai che questa è la soluzione!»

Dalla finestra uscí la gallina.
«Ora c'è molto piú spazio di prima!»

Uscirono insieme maiale e capretta.
«La casa non sembra poi cosí stretta!»

Infine andò fuori la mucca altezzosa.
«Guarda guarda, che casa spaziosa!»

«Grazie buon saggio per il tuo aiuto!
La casa prima pareva un imbuto,
ma ora mi sembra davvero spaziosa,
lo vedi anche tu quant'è graziosa?»

«Che pace, che gioia, che libertà!
Questa casetta è la felicità!»

E mentre gli altri stan fuori a guardare,
l'allegra vecchina continua a ballare.